[前 言]

台灣是個奇幻之島。
重新發掘百年來的傳奇故事，
土地與我們之間述說著滿滿的愛。

「愛的面向這麼多樣，如何讓孩子能懂？」

於是我們集結了三篇愛的奇幻故事，
用它原本就應該說的語言，
講給我們的孩子聽。

予故事繼續行，
予台語袂孤單。

做伙來聽囡仔古！

線上收聽 QR Code
（台語漢字＋羅馬拼音＋華文字幕）

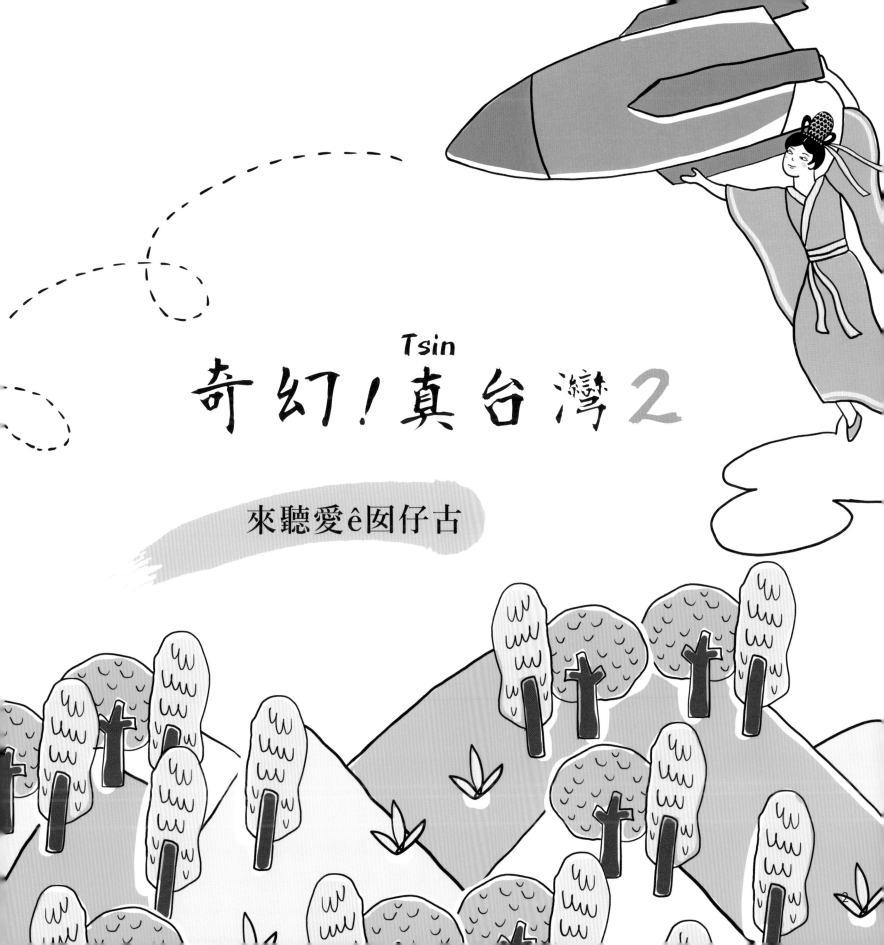

奇幻！真台灣2

Tsin

來聽愛ê囡仔古

［ 目 錄 ］

（內文部份羅馬拼音按腔調微調修改，與優勢腔或稍有不同。）

Má-tsóo sîn tsà-tuânn

媽祖承ㄑ炸彈

小朋友，爸爸媽媽
一定捌㧒恁去過媽祖廟拜拜。

咱看著的媽祖，
若毋是坐佇神明的案桌頂，
就是坐佇轎頂。

你敢有看過飛佇天頂的媽祖婆？

Hsiao p'eng yu, pa-pa ma-ma it-tīng bat tshuā lín khì kuè Má-tsóo-biō pài-pài.

Lán khuànn--tiȯh ê Má-tsóo,
nā m̄ sī tsē tih sîn-bîng ê àn-toh-tíng, tō sī tsē tih kiō-tíng.

Lí kám ū khuànn kuè pue tih thinn-tíng ê Má-tsóo-pô?

西元 1945 年，
彼當時的台灣是大日本帝國的領土。

太平洋戰爭已經戰幾若多矣，
逐家的日子攏無快活。

Se-guân it-kiú-sù-ngóo nî,
hit-tong-sî ê Tâi-uân sī Tāi Jìt-pún Tè-kok ê líng-thóo.

Thài-pîng-iûnn tsiàn-tsing í-king tsiàn kuí-nā tang--ah,
tàk-ke ê jìt-tsí lóng bô khuìnn-uàh.

8

福仔是一个八歲囝仔，厝內咧種塗豆。

伊的爸母早死，嘛無兄弟姊妹，
厝內干焦賰中風跛跤的阿公。

Hok--á sī tsi̍t ê peh huè gín-á,
tshù-lāi leh tsìng thôo-tāu.

I ê pē-bú tsá sí, mā bô hiann-tī-tsí-muē,
tshù-lāi kan-na tshun tiòng-hong pái-
kha ê a-kong.

福仔真捌代誌，
逐工攏會去媽祖廟邊仔的市仔賣塗豆，
嘛會順紲去共媽祖婆請安，
祈求阿公的身體勇健。

Hok--á tsin bat tāi-tsì,
ta̍k-kang lóng ē khì Má-tsóo-biō
pinn--á ê tshī-á buē thôo-tāu,
mā ē sīn-suà khì kā Má-tsóo-pô tshíng-an,
kî-kiû a-kong ê sin-thé ióng-kiānn.

市仔的人感覺伊眞歹命，
攏眞關心伊，尤其是米店的頭家：金城的。

這工，天氣誠好，一切攏佮平常時仔仝款。

「福仔，恁阿公這站仔好無？」
「金城叔仔！阿公這站仔袂穩，行路愈來愈穩矣！」

Tshī-á ê lâng kám-kak i tsin pháinn-miā,
lóng tsin kuan-sim--i, iû-kî sī bí-tiàm ê thâu-ke: Kim-siânn--ê.

Tsit-kang, thinn-khì tsiânn hó,
it-tshè lóng kah pîng-siông-sî--á kāng-khuán.

"Hok--á, lín a-kong tsit-tsām-á hó--bô?"
"Kim-siânn tsik--á, a-kong tsit-tsām-á
buē-bái, kiânn-lōo lú lâi lú ún--ah!"

「按呢喔！誠好！來，你紮寡米轉去煮。」
「莫啦，逐擺攏予我米，按呢歹勢啦！」
「啊！袂啦袂啦，紮轉去煮！」

"Án-ne--ooh! Tsiânn hó! Lâi, lí tsah kuá bí tńg-khì tsú."
"Mài--lah, ta̍k-pái lóng hōo guá bí, án-ne pháinn-sè--lah!"
"Ah! Buē--lah buē--lah, tsah tńg-khì tsú!"

當當金城的咧敨米的時陣…
「金城叔仔，你敢有聽著啥物怪聲？」

Tng-tang Kim-siânn--ê
teh khat bí ê sî-tsūn…
"Kim-siânn tsik--á, lí kám ū thiann-tio̍h
siánn-mih kuài-siann?"

「怪聲？我看覓咧。」

"Kuài-siann? Guá khuànn-māi--leh."

金城的行出去外口，聽著警報聲，
原來是美軍來空襲矣！路裡的人攏驚甲四界傱！

「福仔！緊覕起來！空襲矣！」

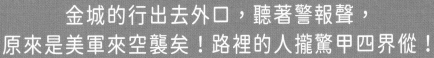

Kim-siânn--ê kiânn tshut-khì guā-kháu,
thiann-tiȯh kíng-pò siann,
guân-lâi sī Bí-kun lâi khong-si̍p--ah!
Lōo--lí ê lâng lóng kiann kah sì-kuè tsông!

"Hok--á! Kín bih--khí-lâi! Khong-si̍p--ah!"

18

福仔頭一擺拄著空襲，雙跤驚甲咇咇掣。

紲落來伊發現，美軍的飛行機對𪜶兜的方向飛過去矣！

「啊！飛去阮兜彼爿矣！我欲轉去救阿公！」
金城共喝講：「你一个七、八歲囡仔，是欲按怎救？！是欲按怎揹會行！」

Hok--á thâu-tsit-pái tú-tiòh khong-sip,
siang-kha kiann kah phih-phih-tshuah.

Suà--lòh-lâi i huat-hiān, Bí-kun ê hue-lîng-ki
tuì in tau ê hong-hiòng pue kuè--khì--ah!

"Ah! Pue khì guán tau hit-pîng--ah! Guá beh tńg-khì kiù a-kong!"
Kim-siânn kā huah kóng: "Lí tsit ê tshit pueh huè gín-á,
sī beh án-tsuánn kiù?! Sī beh án-tsuánn phāinn ē kiânn!"

福仔親像無聽著伊講的話，物件放放咧，衝轉去厝！

「阿公！阿公！莫驚！我轉來矣！我共你偝，咱緊覕起來！」
「福仔...你家己去覕，莫插我矣...」
「袂使啦！緊咧！咱緊來去覕！」

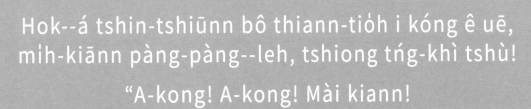

Hok--á tshin-tshiūnn bô thiann-tioh i kóng ê uē,
mih-kiānn pàng-pàng--leh, tshiong tńg-khì tshù!

"A-kong! A-kong! Mài kiann!
Guá tńg--lâi--ah! Guá kā lí āinn, lán kín bih--khí-lâi!"
"Hok--á... Lí ka-tī khì bih, mài tshap--guá--ah..."
"Buē-sái--lah! Kín--leh! Lán kín lâi bih!"

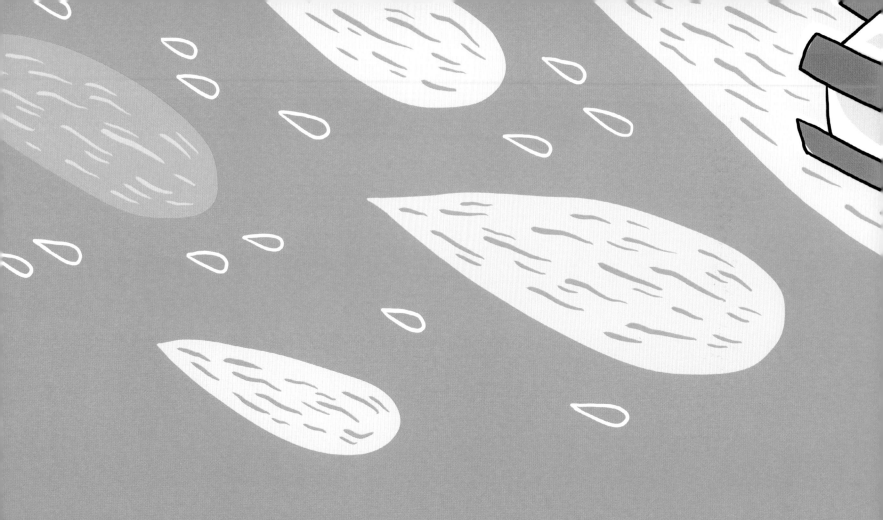

就佇福仔想辦法欲偝阿公覕空襲的時陣，一粒炸彈，
對個的頭殼頂落下來，袂輸塗豆仝款，
愈來愈大粒，愈來愈大粒…

Tō tī Hok--á siūnn pān-huat beh āinn a-kong
bih khong-si̍p ê sî-tsūn, tsi̍t lia̍p tsà-tuânn,
tuì in ê thâu-khak-tíng lak--lo̍h-lâi,
buē-su thôo-tāu kāng-khuán,
lú lâi lú tuā lia̍p, lú lâi lú tuā lia̍p…

這个時陣，發生一件不可思議的代誌，
雖然發生甲真緊，猶毋過福仔看甲足清楚。

伊看著一个穿古裝的姑娘飛佇天頂，
用伊的雙手承彼粒炸彈，共炸彈擧去邊仔。

彼粒炸彈就佇半空中轉幹，
落下去邊仔的樹林仔內，而且嘛無爆炸。

Tsit-ê sî-tsūn, huat-sing tsi̍t kiānn put-khó-su-gī ê tāi-tsì,
sui-liân huat-sing kah tsin kín,
iah-m̄-koh Hok--á khuànn kah tsiok tshing-tshó.

I khuànn-tio̍h tsi̍t ê tshīng kóo-tsong ê koo-niû pue tih thinn-tíng,
iōng i ê siang-tshiú sîn hit-lia̍p tsà-tuânn,
kā tsà-tuânn khian khì pinn--á.

Hit-lia̍p tsà-tuânn tō tī puànn-khong-tiong tńg-uat,
lak lo̍h-khì pinn--á ê tshiū-nâ-á lāi,
lî-tshiánn mā bô po̍k-tsà.

福仔感覺這个姑娘足面熟，
敢若捌咧佗位看過…

Hok--á kám-kak tsit-ê koo-niû tsiok bīn-si̍k,
kánn-ná pat teh tueh khuànn--kuè…

空襲了後隔工，庄仔內的人發現，
廟內媽祖金身的指頭仔竟然斷去！

逐家攏走去廟內看，福仔嘛走去，因為伊知影，
彼工佇天頂用手承炸彈的，就是媽祖婆！

Khong-sip liáu-āu keh-kang, tsng-á lāi ê lâng huat-hiān,
biō lāi Má-tsóo kim-sin ê tsíng-thâu-á kìng-liân tñg--khì!

Tak-ke lóng tsáu khì biō lāi khuànn, Hok--á mā tsáu--khì,
in-uī i tsai-iánn, hit-kang tī thinn-tíng iōng tshiú
sîn tsà-tuânn--ê, tiō sī Má-tsóo-pô!

小朋友，後擺若去媽祖廟拜拜，愛會記得攑頭看覓咧，
凡勢就是彼尊捌咧天頂承炸彈的媽祖婆喔！

Hsiao p'eng yu, āu-pái nā khì Má-tsóo-biō pài-pài, ài ē-kì-tit
giảh-thâu khuànn-māi--leh, huān-sè tō sī hit tsun pat teh
thinn-tíng sîn tsà-tuânn ê Má-tsóo-pô--ooh!

喜樹仔做龜醮

Hí-tshiū-á tsò ku-tsiò

彼工下晡日頭眞炎，
雖然海風吹起來眞涼，海沙猶閣是燒燙燙。

毋過吉仔褪赤跤佇海墘仔走，
一點仔都無感覺。

Hit-kang e-poo jit-thâu tsin iām,
sui-jiân hái-hong tshue--khí-lâi tsin liâng,
hái-sua iá-koh sī sio-thǹg-thǹg.

Ṁ-koh Kiat--á thǹg-tshiah-kha tī hái-kînn-á tsáu,
tsit-tiám-á to bô kám-kak.

36

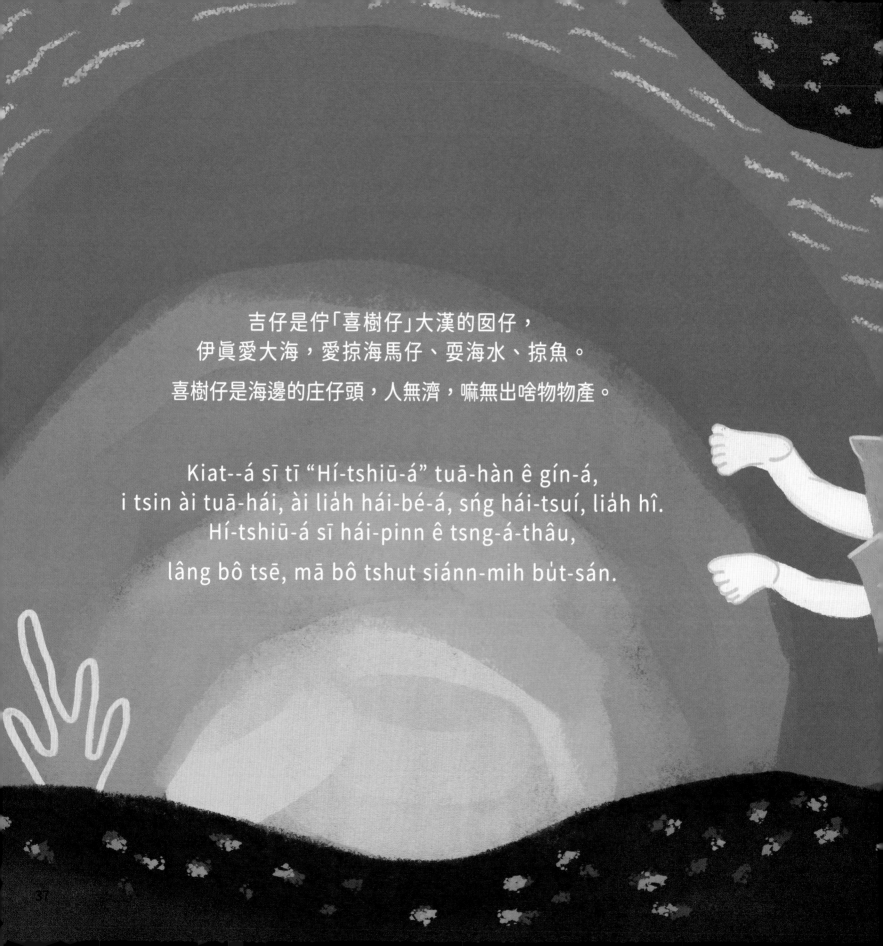

吉仔是佇「喜樹仔」大漢的囡仔，
伊真愛大海，愛掠海馬仔、耍海水、掠魚。

喜樹仔是海邊的庄仔頭，人無濟，嘛無出啥物物產。

Kiat--á sī tī "Hí-tshiū-á" tuā-hàn ê gín-á,
i tsin ài tuā-hái, ài liảh hái-bé-á, sńg hái-tsuí, liảh hî.
Hí-tshiū-á sī hái-pinn ê tsng-á-thâu,

lâng bô tsē, mā bô tshut siánn-mih bút-sán.

這工，誠濟人做伙出來牽罟，想欲掠寡魚逐家轉去加菜。

佇古早，掠有魚掠無魚攏愛看天公伯仔的面色，
人無偌勢，只是共海討物討生活爾。

39

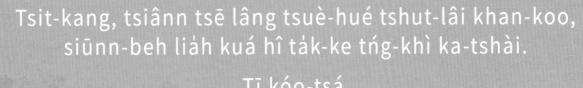

Tsit-kang, tsiânn tsē lâng tsuè-hué tshut-lâi khan-koo,
siūnn-beh liah kuá hî tak-ke tńg-khì ka-tshài.

Tī kóo-tsá,
liah ū hî liah bô hî lóng ài khuànn Thinn-kong-peh--á ê bīn-sik,
lâng bô guā gâu, tsí-sī kā hái thó mih thó-sing-uah niâ.

吉仔走到牽罟的所在揣個阿爸:「阿爸!我來鬥牽!」
「吉仔!緊來鬥跤手!」

吉仔的阿爸想講,加一个人會當加分一寡魚。

Kiat--á tsáu kàu khan-koo ê sóo-tsāi tshuē in
a-pah: "A-pah! Guá lâi tàu khan!"
"Kiat--á! Kín lâi tàu-kha-tshiú!"

Kiat--á ê a-pah siūnn kóng,
ke tsit ê lâng ē-tàng ke pun tsit-kuá hî.

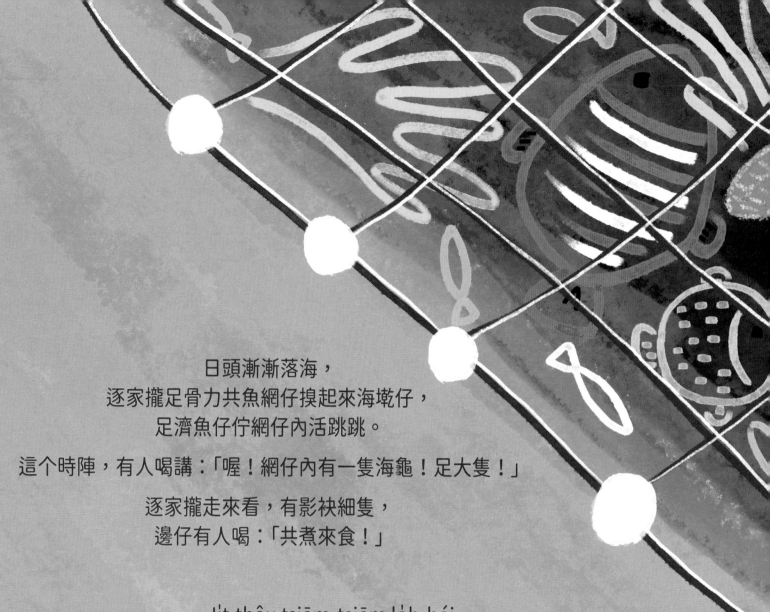

日頭漸漸落海，
逐家攏足骨力共魚網仔摸起來海墘仔，
足濟魚仔佇網仔內活跳跳。

這个時陣，有人喝講：「喔！網仔內有一隻海龜！足大隻！」

逐家攏走來看，有影袂細隻，
邊仔有人喝：「共煮來食！」

Jit-thâu tsiām-tsiām lȯh-hái,
tȧk-ke lóng tsiok kut-lȧt kā hî-bāng-á giú khí-lâi hái-kînn-á,
tsiok tsē hî-á tī bāng-á lāi uȧh-thiàu-thiàu.

Tsit-ê sî-tsūn, ū lâng huah kóng: "Ooh! Bāng-á lāi ū tsȧt tsiah hái-ku! Tsiok tuā tsiah!"

Tȧk-ke lóng tsáu lâi khuànn,
ū-iánn buē sè tsiah, pinn--á ū lâng huah: "Kā tsú lâi tsiȧh!"

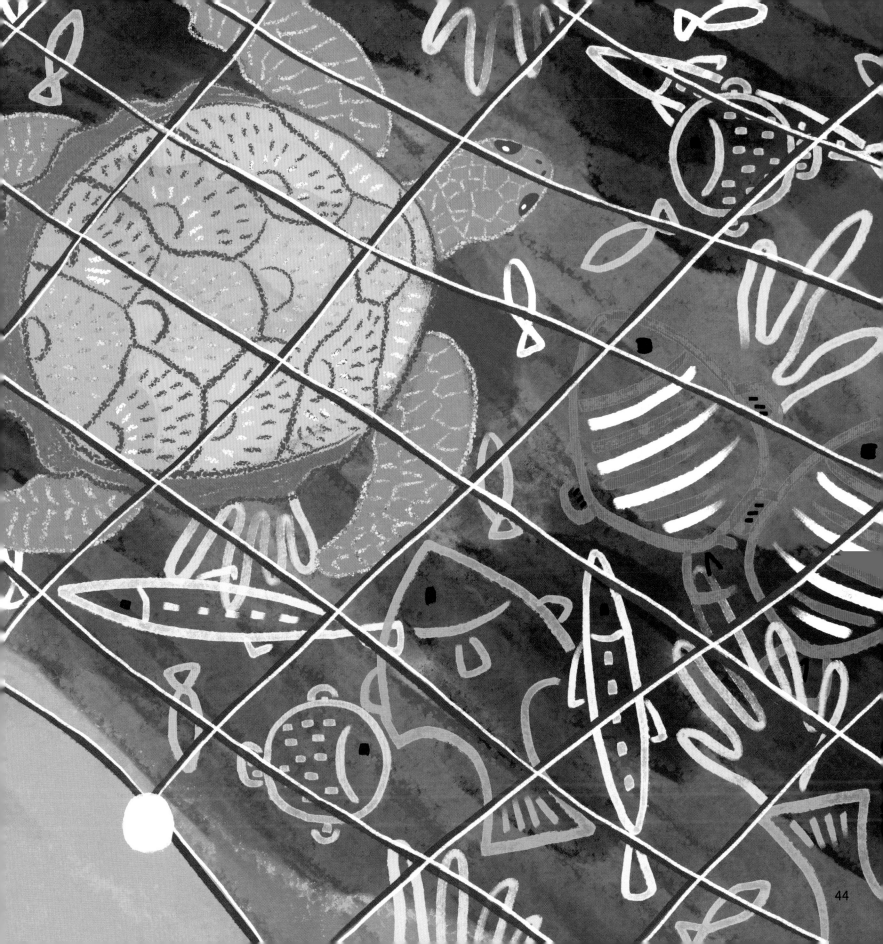

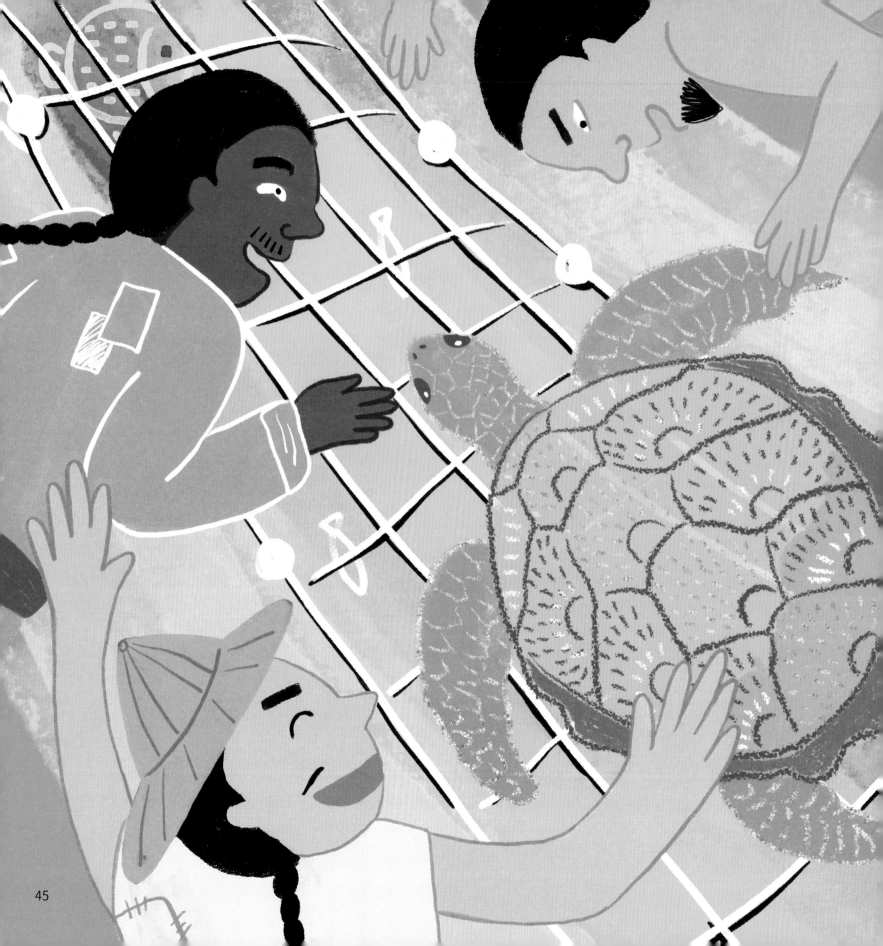

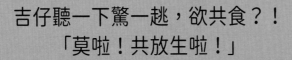

吉仔聽一下驚一趒，欲共食？！
「莫啦！共放生啦！」

大人講：「啊！你囡仔人毋知啦！龜肉好食，
龜殼閣會當捎去賣，來，扛轉來煮！」

Kiat--á thiann tsıt-ē kiann tsıt-tiô, beh kā tsiảh?!
"Mài--lah! Kā pàng-senn--lah!"

Tuā-lâng kóng: "Ah! Lí gín-á-lâng m̄-tsai--lah!
Ku-bah hó-tsiảh, ku-khak koh ē-tàng sa khì bē,
lâi, kng tńg-lâi tsú!"

46

47

彼隻海龜攑頭看吉仔，閣流目屎，袂輸咧共喝救命。
吉仔嘛喝講：「毋通啦！按呢龜仔囝欲按怎？！」

Hit-tsiah hái-ku giah-thâu khuànn Kiat--á,
koh lâu bak-sái, buē-su teh kā huah kiù-miā.
Kiat--á mā huah kóng: "M̄-thang--lah!
Án-ne ku-á-kiánn beh án-tsuánn?!"

吉仔的阿爸講：「無要緊啦，予大人處理就好矣。」
大人無插吉仔，共彼隻海龜扛轉去庄仔內，吉仔的阿爸嘛綴去。

Kiat--á ê a-pah kóng: "Bô iàu-kín--lah, hōo tuā-lâng tshú-lí tiō hó--ah."

Tuā-lâng bô tshap Kiat--á, kā hit-tsiah hái-ku kng tńg-khì tsng-á lāi,
Kiat--á ê a-pah mā tuè--khì.

吉仔行轉厝揣媽媽，那吼那講：
「哀仔[註]！拄才牽罟掠著一隻海龜，去予阿爸佮大人食去矣啦！」
「真的喔？！」
「彼隻龜足可憐，龜仔囝會無哀仔啦…」

（註：客家音，以前喜樹仔
部份家族叫媽媽「哀仔」，這
是因為嫁去那裡的客家媳婦
而流傳下來的。）

Kiat--á kiânn tńg tshù tshuē má-mah, ná háu ná kóng:
"Ai--á! Tú-tsiah khan-koo liàh-tiòh tsit tsiah hái-ku,
khì-hōo a-pah kah tuā-lâng tsiàh--khì--ah--lah!"
"Tsin--ê--ooh?!"
"Hit-tsiah ku tsiok khó-liân, ku-á-kiánn ē bô ai--á--lah..."

52

這工半暝，吉仔夢著一隻和大船平大隻的龜，佇海裡泅來泅去 ...
雄雄，吉仔感覺去予一个有有的物件抩一下，落落眠床跤。
伊精神發現外口有火光，
大聲喝：「阿爸！哀仔！緊起來！火燒啊！」

Tsit-kang puànn-mê,
Kiat--á bāng-tiȯh tsit tsiah hām tuā-tsûn pênn tuā tsiah ê ku,
tī hái--lí siû lâi siû khì...

Hiông-hiông,
Kiat--á kám-kak khì-hōo tsit ê tīng-tīng ê mìh-kiānn lòng tsit-ē,
lak lȯh bîn-tshn̂g-kha.

I tsing-sîn huat-hiān guā-kháu ū hué-kng,
tuā-siann huah: "A-pah! Ai--á! Kín khí--lâi! Hué-sio--ah!"

54

火燒厝矣！
吉仔個真好運，
有个人規个家伙燒了了，
真淒慘。

這个時陣，
逐家發現這改火燒真龜怪，
竟然「火燒厝會燒過間」！

這間著火，隔壁間煞無著，
火是跳來跳去燒的！

敢講火會認厝？！

Hué-sio-tshù--ah!

Kiat--á in tsin hó-ūn,
ū ê lâng kui-ê ke-hué sio-liáu-liáu,
tsin tshi-tshám.

Tsit-ê sî-tsūn,
ta̍k-ke huat-hiān tsit-kái hué-sio tsin ku-kuài,
kìng-liân hué-sio-tshù ē sio kuè king!

Tsit-king tóh-hué,
keh-piah king suah bô tóh,
hué sī thiàu lâi thiàu khì sio--ê!

Kám kóng hué ē līn tshù?!

發生遮爾奇怪又閣恐怖的代誌，逐家趕緊去庄仔內的大廟「萬皇宮」問神明！

萬皇宮的王爺指示：這是彼隻去予人刣去食的龜所引起的火燒，
是彼隻咧欲得道的「龜靈公」的怨念之火！
有食龜肉的人個兜才會火燒。

Huat-sing tsiah-nī kî-kuài iū-koh khióng-pòo ê tāi-tsì,
ta̍k-ke kuánn-kín khì tsng-á lāi ê tuā-biō "Bān-hông-kiong" mn̄g sîn-bîng!

Bān-hông-kiong ê ông-iâ tsí-sī: Tse sī hit-tsiah khì-hōo lâng thâi khì tsiah ê ku sóo
ín-khí ê hué-sio, sī hit-tsiah tih-beh tit-tō ê "Ku-lîng-kong" ê uàn-liām tsi hué!
Ū tsiah ku-bah ê lâng in tau tsiah ē hué-sio.

庄仔內愛佇逐冬的舊曆八月二四拜拜超度，
做龜醮，予後擺的人會記得袂使閣烏白害死動物。

逐家遵照神明的交代，彼工過，庄仔內慢慢仔恢復了平靜。

Tsng-á lāi ài tī ta̍k-tang ê kū-li̍k pueh-gue̍h lī-sì pài-pài tshiau-tōo,
tsò ku-tsiò, hōo āu-pái ê lâng ē-kì-tsit buē-sái
koh oo-pe̍h hāi sí tōng-bu̍t.

Ta̍k-ke tsun-tsiàu sîn-bîng ê kau-tài, hit-kang kuè,
tsng-á lāi bān-bān-á hue-ho̍k liáu pîng-tsīng.

吉仔仝款逐工佇海墘仔走，逐改伊攏會想著彼隻龜，
想講伊佇天頂一定嘛是真快樂咧泅水！

Kiat--á kāng-khuán ta̍k-kang tī hái-kînn-á tsáu,
ta̍k-kái i lóng ē siūnn-tio̍h hit-tsiah ku,
siūnn kóng i tī thinn-tíng it-tīng mā sī tsin khuài-lo̍k leh siû-tsuí!

無知謎个魔神仔
Bô-khì miā ê môo-sîn-á

烏暗的山洞內，蹛一隻山精。
附近的妖精攏叫伊「無名的」，
　伊是一个無去名的魔神仔。

Oo-àm ê suann-tōng lāi, tuà tsìt tsiah suann-tsiann.

Hù-kīn ê iau-tsiann lóng kiò i "bô-miâ--ê",
i sī tsìt ê bô-khì miâ ê môo-sîn-á.

毋知對當時開始，魔神仔就想袂起來伊家己號做啥物名。

別个妖精攏笑伊無名，無愛佮伊耍。

一寡較歹心的，閣會刁工共拐予跋倒，
創治伊，所以伊的衫一直攏真垃圾。

67

Ṁ-tsai uì tang-sî khai-sí,
môo-sîn-á tō siūnn bē khí-lâi i ka-tī
hō-tsuè siánn-mih miâ.

Pa̍t-ê iau-tsiann lóng tshiò i bô miâ,
bô ài kah i sńg.

Tsi̍t-kuá khah pháinn-sim--ê,
koh ē tiau-kang kā kuāinn hōo pua̍h-tó,
tshòng-tī--i, sóo-í i ê sann it-ti̍t
lóng tsin lah-sap.

毋過伊真愛看冊寫字，
定定會去山跤抾人的舊冊，
點蠟條佇山洞內底看。

伊無啥物伴，
所以有當時仔會走去揣人的囡仔迢迌，
講謎猜予個臆（白花矸插青花枝），
但是人攏真驚伊。

Ṁ-koh i tsin ài khuànn-tsheh
siá-jī, tiānn-tiānn ē
khì suann-kha
khioh lâng ê kū-tsheh,
tiám la̍h-tiâu tī
suann-tōng lāi-té khuànn.

I bô siánn-mih phuānn,
sóo-í ū-tang-sî-á ē tsáu khì tshuē lâng ê gín-á tshit-thô,
kóng bī-tshai hōo in ioh (pe̍h hue-kan tshah tshenn hue-ki),
tān-sī lâng lóng tsin kiann--i.

70

有一工，
伊坐佇溪仔邊的大粒石頭頂懸烏白想：
「我到底號做啥物名咧？」

「頂擺彼个囡仔眞厲害，
臆著我的謎猜是咧講菜頭…」^註

「菜頭眞古錐，
我的名若是號做菜頭敢若嘛袂穤…」

（註：見《奇幻！眞台灣》第一集〈講謎猜 ê 魔神仔〉）

71

Ū tsi̍t kang, i tsē tī khue-á-pinn
ê tuā lia̍p tsio̍h-thâu tíng-kuân
oo-pe̍h-siūnn: "Guá tàu-té hō-tsò
siánn-mih miâ--leh?"

"Tíng-pái hit-ê gín-á tsin lī-hāi,
ioh-tio̍h guá ê bī-tshai sī leh kóng tshài-thâu..."

"Tshài-thâu tsin kóo-tsui, guá ê miâ nā
sī hō-tsò tshài-thâu kánn-ná mā buē-bái..."

這个時陣，溪仔邊傳來一陣笑聲：「哈哈哈，菜頭！你的名號做菜頭！」

魔神仔聽著有人咧共笑，真見笑閣真受氣，喝講：「是啥人咧笑！共我出來！」

Tsit-ê sî-tsūn, khue-á-pinn thuân-lâi tsit tsūn tshiò-siann: "Hah hah hah, tshài-thâu! Lí ê miâ hō-tsuè tshài-thâu!"

Môo-sîn-á thiann-tiȯh ū lâng teh kā tshiò, tsin kiàn-siàu koh tsin siū-khì, huah kóng: "Sī siánn-lâng teh tshiò! Kā guá tshut--lâi!"

一尾龍仔囝對溪水內底跳出來，
大聲講：「是我！」

魔神仔驚一趒，
兩蕊目睭褫金金講：「哇！是龍呢！我頭一擺看著龍！」

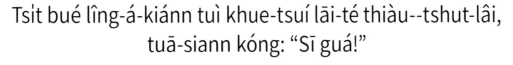

Tsi̍t bué lîng-á-kiánn tuì khue-tsuí lāi-té thiàu--tshut-lâi,
tuā-siann kóng: "Sī guá!"

Môo-sîn-á kiann tsi̍t-tiô,
nn̄g luí ba̍k-tsiu thí-kim-kim kóng: "Uah! Sī lîng--neh!
Guá thâu-tsi̍t-pái khuànn-tio̍h lîng!"

彼是一尾金色的龍仔囝，差不多才尺半，真細尾，
毋過目睭蓋大蕊，目睫毛閣翹翹翹，規身軀攏金爍爍。

彼尾龍講：「呃呃呃，恁遮妖氣真重。」
魔神仔對石頭頂跳落來講：「阮遮都妖精的世界啊！」

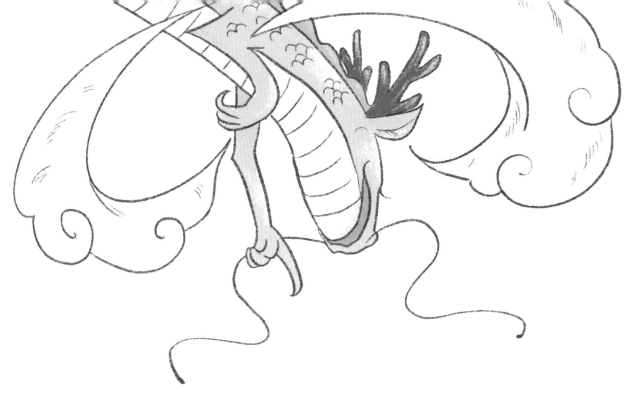

He sī tsit bué kim-sik ê lîng-á-kiánn, tsha-put-to tsiah tshioh-puànn,
tsin sè-bué, m̄-koh bak-tsiu kài tuā-luí,
bak-tsiah-mn̂g koh khiàu-khiàu-khiàu, kui-sin-khu lóng kim-sih-sih.

Hit-bué lîng kóng: "Tsap tsap tsap, lín tsia iau-khì tsin tāng."
Môo-sîn-á tuì tsioh-thâu-tíng thiàu loh-lâi kóng: "Guán tsia to iau-tsiann ê sè-kài--ah!"

「你是神呢，來這號深山林內創啥？」魔神仔誠好奇。

「我來凡間蹓蹓咧，神明嘛是有咧歇假的啦。」
龍仔囝一面講，一面共身軀的水捼予焦。

"Lí sī sîn--neh, lâi tsit-lō tshim-suann-nâ-lāi tshòng-sánn?"
Môo-sîn-á tsiânn hònn-kî.

"Guá lâi huān-kan lau-lau--leh, sîn-bîng mā sī ū leh hioh-ká--ê--lah."
Lîng-á-kiánn tsit-bīn kóng, tsit-bīn kā sin-khu ê tsuí hiù hōo ta.

彼尾龍笑笑仔問伊：「你是毋是足想欲知影你家己號做啥物名啊？」

魔神仔足大力一直頕頭。

龍講：「我共你講，你的名去予人化掉，轉去天頂矣。」

「化掉？是燒掉呢？」魔神仔聽無啥伊的意思。

Hit-bué lîng tshiò-tshiò-á mn̄g--i: "Lí sī-m̄-sī tsiok siūnn-beh tsai-iánn lí ka-tī hō-tsò siánn-mih miâ--ah?"

Môo-sîn-á tsiok tuā-la̍t it-ti̍t tìm-thâu.

Lîng kóng: "Guá kā lí kóng, lí ê miâ khì hông huà-tiāu, tńg-khì thinn-tíng--ah."

"Huà-tiāu? Sī sio-tiāu--nih?" Môo-sîn-á thiann-bô-siánn i ê ì-sù.

「你定定去抾舊冊的彼間大厝內底有一座『惜字亭』，
你的名去予人寫佇紙裡，擲入去亭仔內燒掉矣！」

「字嘛是有靈性的，燒掉，就會轉去天頂矣。」
彼尾龍攑頭看天頂慢慢仔講。

"Lí tiānn-tiānn khì khioh kū-tsheh ê hit-king tuā-tshù lāi-té ū tsı̍t tsō 'sioh-jī-tîng', lí ê miâ khì hông siá tī tsuá--lí, tàn jı̍p-khì tîng-á lāi sio-tiāu--ah!"

"Jī mā sī ū lîng-sìng--ê, sio-tiāu, tō ē tńg-khì thinn-tíng--ah."
Hit-bué lîng gia̍h-thâu khuànn thinn-tíng bān-bān-á kóng.

魔神仔聽到遮，就按呢吼出來：「猶毋過我無法度飛去天頂揣我的名！」
伊足傷心的。

Môo-sîn-á thiann kàu tsia,
tsuânn háu--tshut-lâi: "Iá-m̄-koh guá bô-huat-tōo pue
khì thinn-tíng tshuē guá ê miâ!"

I tsiok siong-sim--ê.

龍講：「你袂飛，我會！」

「我是龍，會當飛去天頂共你鬥揣轉來。」

「毋過你愛答應我，袂使閣去嚇驚山跤的囡仔。
你按呢，毋是佮欺負你的妖精仝款？」

Lîng kóng: "Lí bē pue, guá ē!"

"Guá sī lîng, ē-tàng pue khì thinn-tíng kā lí tàu tshuē--tńg-lâi"

"M̄-koh lí ài tah-ìng--guá, bē-sái koh khì hennh-kiann suann-kha ê gín-á.
Lí án-ne, m̄-sī kah khi-hū lí ê iau-tsiann kāng-khuán?"

魔神仔感覺足歹勢，雙手拜彼尾龍講：「敢真的？！
好，我共你下願，我袂閣按呢矣，拜託你共我揣名轉來！」

伊一下講煞，煞開始霆雷公落大雨，彼尾龍佇雨中變做一逝閃光，
「轟」一聲直直衝去天頂！賰魔神仔戀戀徛佇遐。

Môo-sîn-á kám-kak tsiok pháinn-sè,
siang-tshiú pài hit-bué lîng kóng: "Kám tsin--ê?! Hó,
guá kā lí hē-guān, guá bē koh àn-ne--ah,
pài-thok lí kā guá tshuē miâ tńg--lâi!"

I tsit-ē kóng suah, suah khai-sí tân-luî-kong lòh-tuā-hōo,
hit-bué lîng tī hōo-tiong piàn-tsò tsit-tsuā siám-kng,
"hóng" tsit siann tit-tit tshiong khì thinn-tíng!
Tshun môo-sîn-á gōng-gōng khiā tī hia.

閣來的日子，魔神仔照常佇山洞內看冊寫字，
無聊就化身做人，去交山跤的囡仔迌迌。

伊遵照約定，等彼尾龍紮伊的名轉來。

Koh lâi ê jit-tsí,
môo-sîn-á tsiàu-siông tī suann-tōng
lāi khuànn-tsheh siá-jī, bô-liâu tō huà-sin tsò lâng,
khì kiau suann-kha ê gín-á tshit-thô.

I tsun-tsiàu iok-tīng,
tán hit-bué lîng tsah i ê miâ tńg--lâi.

特別感謝

高雄市岡山區劉厝寶公宮 劉偉志總幹事
屏東縣萬丹鄉萬惠宮 蔡聯慶主任委員
台南市南區喜樹萬皇宮 蔡忠壽主任委員
洪瑩發博士
張裕宏顧問
黃浩倫老師
浩世音樂
三川娛樂有限公司
財團法人良寶宮

莊佳穎老師
魚夫老師
王定宇委員

共同獻聲

〈媽祖承炸彈〉
故事說明 莊佳穎

台師大台文系副教授，著有《唱家己的歌》《揣自由的台灣烏熊》《石虎的厝》台語兒童公民繪本，為孩子們種下公民意識的種子。

〈喜樹仔做龜醮〉
故事說明 魚夫

漫畫家、作家，著有《樂居台南》《台南巷子內》等書，專致推廣欣賞建築及品味美食等在地文化。

〈無去名 ê 魔神仔〉
故事說明 王定宇

中華民國第 9-10 屆立法委員，常以流利台語問政，關懷本土，捍衛台灣。

奇幻！真台灣 *Tsin* 2

來聽愛ê囡仔古

製作人	章世和
故事	章世和
繪圖	林佾勳〈媽祖承炸彈〉〈喜樹仔做龜醮〉
	Min 王科閔〈無去名ê魔神仔〉
封面與內頁設計	林佾勳
有聲錄製	林芳雪（故事）
	莊佳穎、魚夫、王定宇（故事說明）
片頭音樂	潘琪妮
聲音剪輯	seho
音樂提供	三川娛樂
錄音	王維剛
混音與母帶後製	黃浩倫
錄音室	浩世音樂
台文顧問	劉承賢
行銷	巴洛克整合行銷
印刷	承彩企業有限公司
初版	2022 年 12 月
定價	NT$1,150
出版	基隆輕鬆廣播電台股份有限公司
地址	基隆市中正區義一路 122 號 3 樓
電話	02-2425-2528
網址	www.legendstory.com.tw
代理發行	前衛出版社
	台北市中山區農安街 153 號 4 樓之 3
	TEL：02-2586-5708、FAX：02-2586-3758

故事：章世和

資深台語人、專業音樂人、輕鬆廣播電台總經理。創建《奇幻！真台灣》台語兒童有聲繪本的初衷是：「不想孩子忘記爸爸的語言」。

有聲：林芳雪

台灣聲優天后，從事配音已超過 45 年，精通台語、華語。知名配音有：獅子王、我叫金三順、小叮噹、風中奇緣 2、幸福三溫暖等等。電影戲劇配音：華語超過 60 部、日韓超過 20 部、歐美超過 50 部。

繪圖：林佾勳

幻想浪漫插畫家，台中人，畢業於法國里昂第二大學視覺傳達設計系碩士，繪畫風格溫暖浪漫，帶點奇幻靈性感受；平面設計風格歐式清新。目前旅居於法國中部的里昂城市，開設個人工作室。IG@lin_yihsun_art。

繪圖：Min 王科閔

國立雲林科技大學視覺傳達設計系畢業，喜歡畫人，把畫圖視為療程，是快樂的來源。和家人一起經營企劃品牌「太陽蛋工作室」，以生活的地方：木柵指南山為題材，製作戶外實境探險遊戲《指南山妖獸傳》和《仙公案前朵貓貓》，後者更出版了遊戲故事的短篇插畫集。作品發表於 IG@minnn.tw。

f 奇幻！真台灣 － 輕鬆電台 Chillax Radio

國家圖書館出版品預行編目 (CIP) 資料

奇幻！真台灣 .2:來聽愛 ê 囡仔古 / 章世和故事；林佾勳，Min 王
科閔繪圖 . -- 初版 . -- 基隆市 ： 基隆輕鬆廣播電台股份有限公
司 , 2022.12

　　面 ；　 公分

ISBN 978-986-06960-1-1(精裝)

863.596　　　　　　　　　　　　　　　　　111017033